The Infamous Mary Ann Payton

Veintitrés cuentos cortos de
Héctor Mota Portes

ISBN-13: 978-0692506349
ISBN-10: 0692506349

Para Arancha, mi cómplice, compañera y bujía

A Piero, Héctor y Michael, mi mayor tesoro

A Rocío MG, mi musa de tantas historias

A Pedro y Roger, porque no me permitieron matar a Rebeca

"En la naturaleza activa del cuento reside su poder de atracción, que alcanza a todos los hombres de todas las razas en todos los tiempos."

Juan Bosch, Apuntes sobre el arte de escribir cuentos
Caracas, Septiembre de 1958

Prólogo del Autor

No recuerdo con precisión cuando inició mi afición por la lectura pero sí que tipo de libros y artículos devoraba de adolescente. Era fanático de la literatura fantástica, tanto me quedaba fascinado leyendo las *"Dramáticas Profecías de la Gran Pirámide"* como aquellos relatos que contaban de visitas de seres de otras galaxias que desaparecían barcos y aviones con toda su tripulación en el *"Mar de los Sargazos"*. Me imaginaba cómo los extraterrestres habían dirigido desde el cielo la construcción de las *"pistas de aterrizaje"* con forma de animales e insectos en el árido desierto de Nazca o esculpido con paciencia las monumentales estatuas de la isla de Pascua.

Conforme fui madurando, mi interés literario fue variando, ahora me interesaba la poesía y la novela, la primera quizás por la fortaleza del histrionismo de mi madre cuando declamaba poemas aprendidos, la segunda a través de autores norteamericanos, ingleses y latinoamericanos que admiraba por su prosa; Forsyth, Le Carré, Eloy Martínez, Borges, Vargas Llosa y García

Márquez se destacaban entre mis autores favoritos.

Empecé entonces a idear una novela ambientada en la calle donde creció mi madre inspirado en las historias fascinantes que de ella y mi abuela escuchaba desde niño, pero la dificultad de hilvanar un relato coherente terminaron por posponer quién sabe hasta cuándo aquello que solo se quedó en el título de *"Historias de la Montecristi"*.

Pasó el tiempo y entrado en mis cuarenta retomé la escritura en forma de poemas, esta vez inspirado en el amor, el desamor y la nostalgia; luego comencé a escribir cuentos inspirado en leyendas pueblerinas y relatos que escuchaba de los campesinos cuando recorría el territorio dominicano en los *"safaris fotográficos"* que solía organizar para un grupo de fotografía en Facebook.

Los cuentos que les presento en esta primera edición no están conectados entre sí, no tienen un hilo conductor, unos que otros pudieran quizás solaparse en el tiempo o en los personajes pero cada uno tiene vida y razón de ser diferente. Algunos tienen como base realidades vividas por mí, otros guardan relación con personas muy cercanas en diferentes etapas de mi vida y todos ellos, mucho de mi imaginación quizás influenciada por historias que alguna vez leí, escuché en alguna canción o me fueron contadas.

El personaje que da título al libro, *Mary Ann Payton,* es el nombre imaginario de la prostituta más deseada de un antiguo pueblo pesquero de Alaska, el cual tiene una calle famosa donde ejercían su oficio las *"damas de compañía"* y que da vida a la portada del libro (Creek Street). Escondido entre estos cuentos, también hay un poema en forma de relato.

Algunos de mis cuentos fueron publicados en un periódico hispano del área de New England, otros y casi todas mis poesías han sido publicadas en mi blog o en mi página de Facebook. Dicen algunos de quienes lo leyeron que les gustaron; la realidad es, que como el vino que a uno le gusta, no importa si la uva, la vendimia o la fermentación han sido de la mejor calidad, el autor ha disfrutado escribiéndolos y espero que les deleite a sorbos a ustedes cuando los lean.

Héctor Mota Portes
Santo Domingo, Agosto de 2015

The infamous Mary Ann Payton

1927 -

El escultural cuerpo de Mary Ann Payton todavía caliente se balanceaba desnudo colgado con aquel pedazo de sábana de seda que le había servido de horca. La policía de Ketchikan seguía interrogando una y otra vez con las mismas preguntas al primerizo jovencito de apenas 17 años que había pasado la noche con ella.

Mary Ann Payton - *Madame du Payton, como todos en Ketchikan la llamaban* - se había convertido en un tema casi mundial entre marineros y pescadores que surcaban el Pacífico.

Al despuntar de cada mayo, cuando la primavera se hacía presente en aquel pueblito de Alaska y hasta finales de septiembre, desfilaban por aquellos callejones de Creek Street centenares de hombres que llegaban desde los lugares más remotos del planeta atraídos por las historias que corrían de boca en boca y de bar en bar, desde Baja California hasta Juneau y desde Tokio hasta Yakarta, sobre las maravillosas atenciones de aquella prostituta de leyenda.

Entre aquellos meses y cada año, las reglas de Madame

du Payton eran estrictas, solo atendía tres clientes por día, cuatro horas con cada uno, dos horas de descanso entre cada turno, tres dólares por cliente. Los parroquianos tomaban sus turnos anotándose en un sucio cuaderno en el bar japonés que estaba al principio de la calle y a veces debían esperar hasta seis días para poder cruzar el umbral de la puerta de Mary Ann.

Tenía unos enormes ojos castaños, una cabellera ondulada del color de la caoba y un cuerpo tan perfecto y fuerte como un cedro. Pero la forma como mimaba a sus clientes del principio al fin de la *"consulta"* era lo que convertía su casa en el lugar obligado de peregrinación de todos los que compraban amor por unas horas.

Jason Chapman, el jovenzuelo de San Francisco a quién le había tocado el último turno de aquella noche fatídica, seguía respondiendo preguntas a la policía que no terminaba de entender cómo Mary Ann había roto su *"protocolo de servicio"* extendiendo su jornada durante toda la noche para atender aquel primerizo inexperto que había sido su último cliente.

Jason había contado con los más mínimos detalles todas las caricias y mimos que Mary Ann había hecho sobre su cuerpo y la policía morbosa, solicitaba una y otra vez que describiera todo de nuevo para disfrutar de aquella *"historia de amor"* que parecía extraída de un manual de sexo de la India.

En aquella noche sin oscuridad del solsticio boreal de 1927, la escultural mujer ahora muerta, parecía escuchar en cómplice silencio aquel interminable y monótono interrogatorio mientras se balanceaba suavemente como un péndulo sobre su propio eje.

Al final de siete horas de preguntas se llevaron a Jason esposado; tras un rápido juicio sin más testigos que el informe de la policía, purgó una condena hasta su muerte en una glacial cárcel de Juneau, a los diez años de su prisión. Hastiado por los interrogatorios de sus compañeros de infortunio, comenzó a cambiar la versión de los hechos dejando embelesados a todos los inquilinos de la cárcel con su historia de cómo había colgado a Mary Ann porque ella quería que le hiciera el amor por séptima vez en una sola noche.

Nadie nunca supo jamás que Madame du Payton, aquella infame prostituta de Ketchikan que era la envidia de todas las *"damas de compañía"* de la costa oeste se había suicidado despúes de desvivirse en atenciones con aquel primerizo cuando a las cinco de la mañana mientras este dormía, descubrió la misma mancha de nacimiento en su nalga derecha de aquel hijo que había dejado abandonado en un basurero de San Francisco diecisiete años atrás.

Matilde

Era gerente de una sucursal del Banco Intercontinental en Punta Cana y los fines de semana era la reina del *striptease* en un club nocturno de Cabarete. Luego de cinco años, había finalmente accedido a mi propuesta: pasarnos un fin de semana en un hotel enclavado en el farallón de Cabrera frente al mar cerca de Rio San Juan.

Nos conocimos un día haciendo cola para entrar a un concierto en Altos de Chavón y desde entonces enganchamos en una amistad que parecía de toda la vida. Matilde era una mujer polifacética, había estudiado administración de empresas, además de español hablaba perfectamente inglés, francés e italiano, había ganado doce torneos de tiro con arco y flecha, practicaba kite surfing y cocinaba la mejor paella que he probado en mi vida.

Había perdido su virginidad a los trece de manos de su padrastro, abortó la primera vez a los dieciocho cuando quedó preñada de su novio el día que su mejor amiga la convidó hacer un *"ménage à troi"* y abortó por segunda vez a los veintiuno cuando su padrastro la embarazó y decidió finalmente marcharse a la capital a terminar la universidad.

Era bipolar e increíblemente inteligente, el tipo de persona con la que prácticamente puedes sostener cualquier conversación, desde problemas de medioambiente hasta los temas más polémicos de religión o política, pasando por literatura, tecnología, historia y psicología.

Aprendió a bailar la danza del velo con un inmigrante árabe proxeneta y estudió danza moderna por nueve meses en Broadway una vez que intentó quedarse residiendo ilegal en Nueva York.

Cuando me invitó a que la visitara para que viera su "acto" en Cabarete me quedé en una sola pieza; turistas de todas las nacionalidades colgaban cientos de dólares en sus bikinis cada vez que subía y bajaba del tubo que estaba en el centro del escenario. Decenas de hombres y mujeres iban en peregrinaje cada sábado a verla bailar al ritmo de música electrónica bajo un baño de luces multicolores. El ambiente del club nocturno se encendía con sus movimientos y las demás bailarinas la miraban con una mezcla de envidia y deseo. Era capaz de despertar las más acaloradas discusiones entre los parroquianos que acudían a verla y que al final de cada show se disputaban su salida por la friolera de mil dólares.

Nuestra amistad crecía como una bola de nieve deslizándose ladera abajo y así mismo crecía mi deseo de poseer a Matilde. Cenábamos juntos tres veces por semana en Punta Cana y cada dos fines de semana yo iba a Cabarete a verla bailar. Durante los cinco años que estuve tratando de salir con ella, cada vez que le ponía el tema me silenciaba con un rotundo no. A veces se molestaba tanto conmigo que dejaba de hablarme hasta por un mes completo. Me decía que no podía acostarse con su confidente, que yo era su propia conciencia, aquel que le impedía incurrir en más locuras de las que había cometido.

Me lo contaba todo, uno y otro loco quería quedarse con ella para siempre cada vez que se la llevaba luego de su baile en Cabarete. Hacía tan bien su trabajo de *"escort"* que terminaban dándole hasta tres veces la misma cantidad como propina. Mientras más me contaba más ansiedad me producía.

Este jueves en la tarde cuando sonó mi móvil yo tenía quince días que no hablaba con Matilde. Después de cinco años pidiéndole que se acostara conmigo, finalmente me dijo:

> *"me voy contigo para Cabrera por tres días, así que pásame a buscar mañana a las cinco de la tarde por mi apartamento".*

Después de terminar la llamada revisé varias veces el número registrado en mi móvil para verificar que era Matilde quién había marcado. No podía creerlo, había accedido quién sabe por cuál razón pero poco me importaba el motivo, lo importante era que este fin de semana la vería una vez más desnuda pero esta vez solos ella y yo.

Llegamos a la habitación de aquel hotel de Cabrera el viernes poco después de las ocho de la noche y nos internamos hasta el lunes en la madrugada entregados en un desenfreno total. En todo ese tiempo no quiso beber ni comer nada, las nueve botellas de vino que llevé me las bebí yo solo, toda la comida que ordené a "room service" terminé devorándola yo. No podía creer que alguien pudiera estar tres días sin siquiera tomar agua.

El lunes a las seis de la mañana desperté con una resaca maldita, Matilde no estaba en la habitación, su ropa no estaba pero su teléfono móvil lo había dejado sobre la mesa de noche. Deambulé como un loco por todo el hotel preguntando a todo el mundo pero nadie la había visto. Encendí mi laptop y me disponía a copiar desde mi Nikon las más de 500 fotos que le había tomado en aquella habitación en esos tres días intensos.

Finalmente decidí llamar a la oficina bancaria donde Matilde trabajaba. Cuando pregunté por ella la respuesta que me dieron me dejó en shock, sin colgar el teléfono corrí a la computadora para iniciar el proceso de descargar las fotos pero la memoria de mi cámara estaba totalmente en blanco, alzando la voz volví a preguntar a la joven que estaba al otro lado del teléfono:

"señorita, está usted segura de lo que me acaba de decir?" inquirí,

"si señor, yo misma fui al funeral, enterramos a Matilde el jueves en la mañana".

Carlucho El Terrible

Virginia había subido los escalones del Palacio de Justicia de Ciudad Nueva con la seguridad de que hoy escucharía la sentencia. Caminaba con el pelo suelto, lentes y cartera negros de *Versace* y una blusa de seda azul intenso. Los hombres y mujeres que a esa hora de la mañana se encontraban al pie de aquellas escalinatas no pudieron resistir voltear sus miradas hacia ella. Había estado en cada una de las audiencias del juicio que se le seguía por desfalco bancario a Carlucho.

A las tres y veintiocho de la madrugada del día siguiente y tras más de catorce horas de audiencia y una lectura de ciento noventa y siete páginas con las conclusiones del magistrado, Virginia sonreía gustosa cuando escuchó la sentencia.

Virginia Carrillo era una rubia altísima de 26 años, ex reina de belleza del estado de Táchira. Vino a Santo Domingo con sus padres el año que Chávez modificó la constitución y jodió los negocios de panadería de su familia. Conoció a Carlucho en una exhibición de Porsche donde ella trabajaba de modelo. El banquero no la abordó directamente sino que le envió una tarjeta con uno de sus secuaces. *"Llámame a mi móvil, si no sabes quién soy pregunta, tu vida puede cambiar para siempre"*, decía el reverso de la tarjeta de presentación.

Desde aquella exhibición de Porsche, tres días pasaron antes de que Virginia se decidiera a marcar el número del móvil privado de Carlucho, *"que carrizo, ni que ocho cuartos, total, que puedo yo perder llamándolo, el tipo se ve súper bien"*. Luego de una breve conversación, él la había citado para las seis de la mañana en el Aeropuerto de Herrera, *"No tienes ni que traer equipaje, yo lo resuelvo todo"*, dijo con voz ronca y cortante el banquero.

El jet privado del banco despegó a las seis y media con rumbo a Nassau, unas horas más tarde estaban desayunando en el *"Café Martinique"* del Atlantis en una mesa con vista a la espectacular marina donde les esperaba el *Gabriela*, un velero de 53 pies de eslora y una tripulación de cuatro negros impecablemente vestidos de blanco.

Seis semanas después de aquel "viaje de hadas", en el piso 26 de una lujosa torre de apartamentos de Coconut Grove, Carlucho le propinaba los primeros latigazos a Virginia. Después de que se despacharon tres líneas de coca cada uno, él había puesto música de Vangelis, le había vendado los ojos y amarrado por las muñecas y los tobillos; desnuda y boca abajo en la cama de aquella enorme habitación, le había prometido que esa noche lo conocería como realmente era. Carlucho salió del baño donde se había metido por la nariz dos líneas más del preciado polvo blanco, vestía unas tangas rojo intenso, un antifaz dorado y en la mano derecha el látigo que había encargado a un personaje famoso del carnaval de Montecristi. La flageló quince veces sin inmutarse por sus gritos, subió la música de Vangelis y se sentó con una botella de Moët en un diván frente a la indefensa Virginia.

A lo largo de los tres años siguientes, Virginia se convirtió en el juguete favorito de Carlucho, vivió en ese infierno sin poder o sin querer escapar. Cada vez que él la azotaba, le pagaba con un regalo más caro hasta que ella se acostumbró al juego. Su espalda y sus nalgas permanecían enrojecidas por los latigazos. Nunca más usó bikini en público. A nadie le contó de su experiencia. Carlucho la mantenía bajo la vigilancia de la seguridad del banco que era dirigida por un ex mercenario yugoslavo. Todas las semanas ella recibía un depósito de cinco mil dólares en su cuenta, Carlucho le había puesto una villa en Casa de Campo a su nombre, uno de los apartamentos de Vail, dos en la Avenida Anacaona, una gigantesca casa de dos niveles de construcción en los suburbios de *"La Alameda"* y tres locales comerciales de la Plaza Central.

Cuando a las tres y veintiocho de la madrugada la secretaria anunciaba los 15 años de cárcel y el equivalente a casi quinientos millones de dólares en indemnización para Carlucho en favor de los dueños del banco, los tres accionistas principales de la entidad financiera, quienes habían llevado el juicio hasta las últimas consecuencias saboreaban la decisión del magistrado.

Sentada al fondo del salón, Virginia, quién les había suministrado una enorme cantidad de pruebas escritas, grabaciones, videos, copias de títulos de propiedad y un enorme listado de nombres, fechas y lugares, disfrutaba aún más su labor de informante secreta del juicio.

Se retiró de la sala de audiencias erguida, pisando sobre sus tacones que parecían retumbar en los viejos pisos de aquel casi septuagenario Palacio de Justicia de Ciudad Nueva.

En el momento que los policías sacaban por la puerta trasera a Carlucho rumbo a su celda en la cárcel del poblado de La Victoria, en el frente del edificio Virginia bajaba las escalinatas ante la mirada babeante de todos los hombres que no podían resistir desearla mientras caminaba. En un instante cayó de bruces en el último escalón, nadie escuchó el disparo certero. Ya en el carro que lo conducía a La Victoria, Carlucho recibía una llamada a su teléfono móvil: *"se murió la gata"*, dijo la voz al otro lado del aparato antes de colgar. En el techo de un edificio cercano, el francotirador recogía sus cosas en silencio.

La leyenda de El Cerrazo

I

El día de la boda en aquella antigua iglesia de El Cerrazo, Soledad y Antonio no solo se habían jurado amor para siempre, se habían jurado amor "más allá de la vida". Cuando el párroco de la comunidad dijo la frase cliché *"hasta que la muerte los separe"*, Antonio dijo con voz firme, *"no padre!, ni la muerte nos separa"*.

Soledad era la nieta menor de Contanzo y Filomena, dos españoles de Andalucía que llegaron a Santiago de los Caballeros después de rodar por todo el país en un circo gitano que no continuó su travesía cuándo todos sus integrantes decidieron quedarse viviendo en la isla. Era vivaracha, menuda y rubia, con unos ojos azules turquesa que parecían reflejar el cielo, unos dientes tan blancos como la leche y unos pechos tan grandes y siempre al acecho que no parecían formados por su propio cuerpo.

Antonio tenía en ese momento 25 años, era de ascendencia italiana y había llegado dos años antes a Puerto Plata procedente de Cuba en el vapor *St.*

Madeleine que transportaba maíz, café, tabaco, ron y azúcar entre Venezuela y las Antillas. Incursionó sin éxito en varios negocios en Puerto Plata hasta que finalmente decidió explorar suerte con la agricultura, estableciéndose como caficultor en aquella comarca enclavada en la sierra del Cibao llamada El Cerrazo.

II

Con el transcurrir de los años, El Cerrazo se convirtió en una comunidad próspera. Gracias a la fertilidad de su tierra, Antonio había cultivado unas seiscientas hectáreas logrando convertirse en un acaudalado hacendado. Soledad por su parte, levantaba celosa la media docena de hijas que había procreado con Antonio. *"Las niñas"*, las cuales apenas se diferenciaban en edad once meses y once días cada una de la siguiente, eran la envidia de las damiselas de la comarca y el deseo morboso de los jóvenes de toda la sierra.

Aquella trágica mañana de julio, el cielo parece que se rompía en pedazos, desde las cuatro de la madrugada cuando se escuchó el estruendo del primer rayo, no había parado de llover de forma torrencial. Cincuenta y seis años habían pasado desde la soleada tarde de primavera cuando Antonio y Soledad prometieron amarse eternamente.

La evolución de los pueblos del valle y la emigración de los cibaeños de comunidades cercanas hacia las urbes de Manhattan y del Bronx, habían hecho prácticamente desaparecer el interés por el cultivo de la tierra. Poco a poco la juventud de El Cerrazo fue emigrando hacia ciudades más prósperas, *"las niñas"* de Soledad se habían desposado todas con empresarios y comerciantes de Santiago, de Puerto Plata y de la línea fronteriza con Haití y habían procreado entre todas 19 nietos varones. El Cerrazo se había convertido casi en un pueblo fantasma y solo algunos necios como Antonio se negaban a abandonar aquella lúgubre comunidad que permanecía enclavada a 1,800 metros de altura.

El día de la tragedia, Antonio acompañado de su nieto Martín y veintisiete ancianos más apostaban como cada sábado en la desvencijada gallera del pueblo; el olor a ron, sudor de viejos y sangre de gallos se mezclaba con el de la tierra mojada degenerando en una atmósfera asfixiante.

Desde la cocina de la vieja casona, Soledad apenas

percibía el tradicional desorden de los galleros que a cada minuto era silenciado por los truenos de los rayos que se precipitaban a tierra cada vez más cerca.

A las once y once de la mañana, un estruendo terrible sacudió la montaña, un rayo cayó directamente sobre la gallera reduciéndola a cenizas matando instantáneamente a los veintiocho galleros y a nueve gallos de pelea. Martín fue el único sobreviviente, quedó totalmente ciego y sordo de un oído y muchos años más tarde todavía escuchaba dentro de su cabeza un ruido enorme de gallos mezclado con truenos y gritos.

Las mujeres de los ancianos corrieron despavoridas hacia la gallera, en medio de la confusión provocada por la humareda y por los llantos, nadie se percató que había aclarado de repente, ni una sola gota de agua caía, el cielo despejado casi por completo ahora solo tenía algunas nubes blancas que parecían trozos pequeños de algodón de azúcar.

Soledad yacía en la cocina de la casona con el cuchillo que pelaba los plátanos apretado con tanta fuerza entre sus dedos que se necesitó de tres de sus yernos para liberárselo de las manos y poder darle cristiana sepultura.

Sin que nadie se diera cuenta, en medio de la tormenta, el rayo que cayó sobre la gallera caminó por las inclinadas calles de El Cerrazo, dobló frente a la iglesia y pasó por el centro de las ruinas del viejo liceo de secundaria, siguió veloz con una estela azul hacia la puerta principal de la casona, atravesó el amplio pasillo y continuó sin ruido hacia el rincón donde Soledad pelaba los plátanos. El impacto fue tan sutil sobre la anciana que apenas el rosario que siempre llevaba colgado del cuello tenía señales de que había muerto quemada.

III

A Soledad y Antonio los enterraron juntos en una cripta construida especialmente para los dos, rodeada de una vegetación de un verde tan intenso que parecía pintada al óleo. En poco menos de un mes El Cerrazo quedó completamente desierto.

Una vez cada año a mediados del mes de julio, los descendientes de los que decidieron morir en aquella comunidad de la sierra, recorren a pies y cantando el camino de regreso a rendir tributo a sus ancestros y ofician una misa en la varias veces centenaria iglesia que hoy se yergue intacta sobre las ruinas del pueblo. Al concluir la homilía, caminan en silencio hacia el camposanto y depositan cada uno una flor en la tumba del *"barón del cementerio";* al final todos menos Martín se dirigen al lugar donde una vez estuvo la gallera para arrojar en el suelo un trago de ron por las ánimas de los galleros.

Cuando la procesión marcha sierra abajo, Antonio y Soledad se detienen alegres bajo un frondoso árbol de aguacate al lado de su cripta a contemplar desde lejos a sus 19 nietos cada uno vestido de lino blanco. Sus *"niñas",* vestidas todas con similar atuendo, sonríen mientras caminan sabiendo que sus padres todavía se adoran con locura ***"más allá de la vida"***.

La lista de Rosaura

Nos habíamos venido en un orgasmo frenético. Yo estaba en el sopor que me causaba la combinación del momento y el calor de aquella maldita habitación de Las Terrenas sin aire acondicionado. Inmaculada, con su negra piel brillosa por el sudor, estaba desnuda y sentada en cuclillas a mi lado sobre la cama convirtiendo el ambiente en más sofocante por el humo que despedía en cada bocanada de su Marlboro mentolado. Esa jodida mujer siempre fumaba después del sexo.

De pronto me tiró el sobre manila sobre la cama y me dijo:

"vida, tienes que ayudarme con esta mierda".

Me puse los lentes y extraje el contenido del sobre. Tuve que leerlo tres veces antes de reaccionar. Rosaura contaba su desgarradora historia en una carta de siete páginas y en la octava estaba la fatídica lista con los nombres y teléfonos de los veintitrés condenados que no conocían su destino.

Seis meses después, Ernesto salía del laboratorio clínico con sus resultados en la mano. Era el último que había ido a hacerse los análisis y como todos los anteriores, había dado positivo al VIH.

Todo comenzó la noche que Rosaura celebraba su cumpleaños número 23 en un concurrido bar de la antigua zona colonial. Había estacionado su auto en una zona oscura de la calle de las Mercedes. Los tequilas habían hecho su efecto, caminaba sobre sus tacones zigzagueando, buscaba afanosamente las llaves en su cartera mientras pensaba: *"ya estas pendejas deben haber encargado sus tragos"* refiriéndose a sus compañeras con quien había acordado ir a cenar después del *"party"*.

De pronto sintió aquella mano que le tapaba boca y nariz con un pañuelo y una fuerza enorme que la sujetaba por el pecho desde atrás. No pudo gritar siquiera, antes que pudiera darse cuenta ya estaba dormida.

A los tres días la abandonaron desnuda en medio de unos cañaverales de Higuey a cinco kilómetros del poblado conocido como *"La Otra Banda"*. Le habían golpeado, tatuado una esfinge alada del diablo en su espalda, destrozado la vagina y las postillas de sangre coagulada que le tapaba las fosas nasales no le permitían casi respirar.

Un año después, cuando su médico le informó que el VIH había degenerado en SIDA tomó la decisión de vengarse con veintitrés hombres mientras su cuerpo se lo permitiera.

Escogió cada una de sus víctimas en un bar diferente, unos en los pubs de *"La Zona"*, otros en los barrios ricos de Piantini y Bella Vista, seis en la ciudad de Santiago, dos en Bávaro y cuatro en el costero municipio de Cabarete. Unos cuantos trataron de protegerse pero ella les había arrancado el condón con la boca mientras los hechizaba haciéndoles el sexo oral.

Tuve que llamarlos uno a uno porque Inmaculada se negaba a realizar el encargo que le había dejado Rosaura. A cada uno le tuve que contar la historia. Ninguno la culpó. Todos se habían enamorado de ella, todos recordaban sus llantos después de cada orgasmo. A todos les dio una versión diferente de su tatuaje de esfinge alada con cara de diablo en su espalda.

Visité a Ernesto dos días antes de morir, pesaba 76 libras

menos que el día que le dieron los resultados de laboratorio que presagiaban su trágico final. Estaba en cueros envuelto en sábanas, tenía su cuerpo cubierto de llagas despidiendo pus y su pelo lacio estaba completamente opaco.

"Me decían bonitillo" me dijo casi sin voz

"No la culpo, ¿te lo he dicho Mota verdad?, todavía la quiero aunque no venga a verme".

Estaba delirando el pobre muchacho, habíamos enterrado a Rosaura una semana antes de que Inmaculada me entregara aquel sobre de papel manila en Las Terrenas.

La tragedia de Mireya

Se necesitaron catorce disparos para acabar con la vida de Mireya. Había abordado el vagón ocho en la estación del metro del Teatro Nacional, rabiosa como una leona en celo y vestida con un gabán estilo gánster del Chicago de Capone, había tenido a todo el país en vilo desde las cinco de la tarde cuando dentro del tren gritó que mataría a todo el mundo por culpa de Vladi.

La policía necesitó un mes para descifrar el caso. Las únicas pistas que tenían eran una pistola con el número de serie borrado y la bachata del Torito que quedó sonando en su iPod.

Yo sabía de Mireya por boca de Vladimir quien ahora era cuñado de Inmaculada. Vladi conoció a Mireya doce años antes en un bar latino de Brooklyn donde él hacía las entregas de crack cada vez que un cliente con disimulo pedía "un shot de tequila rosa".

Vladimir, tenía en ese entonces veintidós años, nativo de La Romana, era fuerte como un toro Cebú y sus facciones de negro perfilado lo hacían parecer etíope. Mireya era una rubia altísima ocho años mayor que Vladi, banileja de nacimiento nacionalizada norteamericana. Manejaba cinco bodegas de la familia en el alto Manhattan y tenía nueve bancas de apuesta clandestinas. Había llegado a New York a los cinco años y aprendió a moverse en el bajo mundo como una serpiente cazadora, silenciosa pero precisa.

Vladimir llegó a Miami con un pasaporte falso e identidad de marino mercante; con ayuda de un primo se trasladó al Bronx donde se introdujo en la mafia atendiendo un punto de coca en el día y haciendo *entregas de "tequila rosa"* cada noche de jueves a domingo.

Tres días después de conocer a Mireya, Vladi ya estaba convertido en su chulo. Ella lo mudó a Long Island a una mansión de seis habitaciones donde procrearon tres niñas.

Vladi nunca abandonó sus contactos con el mundo de la droga y visitaba Santo Domingo con frecuencia por *"asuntos de negocio"*. Allí conoció a Amarilis, la hermana mayor de Inmaculada. Era la dueña de una casona de Ciudad Nueva donde se contaba el dinero de la venta y se repartía la cocaína que se vendería el día siguiente.

En un viaje a Santo Domingo, Vladi empreñó a Amarilis y se mudaron juntos a un penthouse en una torre de lujo del Ensanche Naco. Llamó por teléfono a Mireya y le dijo que no volvía más. Recuerdo que un día en tragos me dijo: *"Mota, esta morena tiene coco-mordán, no la suelto nunca, que se joda Mireya"*.

Mireya vino hace tres meses de Long Island dispuesta a reconquistar a Vladi, se internó en la clínica de un cirujano plástico apellido Cantrobas famoso por corregirle defectos a damas de compañía. Se hizo una liposucción, se levantó los senos y las nalgas, se perfiló la nariz y se recogió la papada. Mientras se recuperaba de aquellos "arreglos", bebía como loca y tenía al barrio harto con las bachatas de El Torito.

Cada mañana se desayunaba con vino Moscatel y encendía el CD Player. El barrio ya cantaba a coro con ella:

> *"Uno quiere pa' que lo quieran,*
> *uno ama pa' que lo amen,*

uno no da la vida entera pa' que lo engañen,

pa' que lo engañen..."

Esa mañana, Vladi le dijo que definitivamente se fuera de vuelta para New York, que por nada del mundo se alejaría de Amarilis, que hiciera *"lo que le diera su maldita gana con su dinero, con la mansión y con las niñas"*.

Mireya se bebió dos litros de Moscatel, grabó en su iPod un *playlist* sin fin con la bachata de El Torito. Cogió la pistola de un primo con dos peines cargados, se rizó el pelo, se puso un par de tenis amarillos de dos pisos, unos lentes de sol, un gabán azul que había traído de New York y pidió un taxi para la estación del metro que quedara más cerca. Abordó el vagón ocho en el Teatro Nacional y empezó a vociferar que mataría a todo el mundo por culpa de Vladi. Tenía el iPod a todo volumen en los oídos y no escuchaba nada de lo que le decían.

Tras largas horas de tensión, las fuerzas especiales de la policía, que habían aprendido de los errores cometidos contra un frustrado asalto bancario unos años atrás y donde habían perecido varios rehenes, impactaron catorce disparos en el pecho de Mireya. Nadie más salió herido.

En la estación Mamá Tingó, donde finalmente se produjo el desenlace, Mireya tendida en el suelo en un charco de sangre en su último aliento de vida gritó:

"Te espero en el infierno maldito!".

La bachata de El Torito seguía sonando en su iPod:

"Uno quiere pa' que lo quieran...."

Las bolas de Vicente *"La Estaca"*

Eran las cuatro y veintiuno del 19 de marzo de 1987 cuando Vicente despertó del coma en que había estado sumergido por tres días en aquella cama del Lenox Hill Hospital. Su cerebro aún registraba un sabor a naranjas podridas en su paladar.

Había nacido en aquel mismo hospital de Manhattan 25 años atrás parido sin cesárea por una inmigrante dominicana de Jagua Gorda, una comunidad serrana cerca al municipio de Jarabacoa.

Vicente se había endeudado por unos miles de dólares con Gustavo, un dominicano de un pueblo cercano a Santiago llamado Baitoa. Comerciante, prestamista y dueño de nueve supermercados distribuidos en los condados de Queens, Bronx y Brooklyn, era un excombatiente de la revolución del 65 que había llegado a Nueva York arrastrado por persecuciones políticas a principios de los doce años del presidente Balaguer. A pesar de haberse convertido en empresario dentro del *"imperialismo"*, Gustavo mantenía siempre sus vínculos con dirigentes de la izquierda radical de Santo Domingo. Eran ellos quienes lo conectaban con sicarios que por encargo hacían los ajustes de cuentas de diversas maneras según el monto de la deuda pendiente.

La tarde del 16 de marzo, en la estación de Canal Street, Vicente abordaba un vagón de la línea 1 del subway con destino a su apartamento en la 207 Street. Junto a él y los demás pasajeros abordaba también Ylonka, una bella rubia médico cirujano oriunda de Yugoslavia. Vicente se sintió un machazo cuando ella lo miró insinuándole sentarse a su lado.

"Hi my name is Vicente, I'm Dominican, where are you from?"

"Hablo español", le contesto Ylonka quién además de su lengua natal dominaba perfectamente cinco idiomas.

"Qué bien!, me llamo Vicente pero me dicen La Estaca".

En quince minutos Vicente la tenía embobada contándole sus apasionadas historias de cómo le habían apodado "La Estaca" por sus atributos masculinos con los que le había dotado la naturaleza.

Vicente, con esa labia pegajosa de dominicano la trataba de convencer para ir a tomarse un trago de ron añejo en su apartamento pero ella le dijo que le mostraría otro método más eficiente de conectarse con el infinito si él le demostraba que de verdad valía la pena el apodo "*La Estaca*". Vicente pensó que se sacaba la Loto. Llegaron al apartamento y después de tres orgasmos le tocaba su turno a Ylonka, desnuda y encaramada sobre él le inyectó una fuerte dosis de morfina que en noventa segundos lo puso a delirar elevándolo como un cohete hasta las estrellas y luego lo dejó rendido sobre la cama. Una hora más tarde Vicente se desangraba por su masculinidad, en un plato hondo sobre la mesita de noche estaban sus testículos cocinados en salsa de naranjas.

En la distancia se escuchaba la sirena de la ambulancia que se acercaba a toda velocidad luego de una llamada anónima al 911. En la calle, Ylonka abordaba un Chevrolet Impala que la llevaría al aeropuerto de La Guardia. En su bolso y junto a un fajo de billetes, estaba el juego de bisturí enchapado en oro que le había regalado su padre el día que se graduó de cirugía y que había utilizado para castrar a Vicente. Al volante del Impala, Gustavo reía a carcajadas.

Los celos de Abelardo

Pasaba de la una de la madrugada y en las paredes de aquella vieja casona de la zona colonial retumbaba el taconeo de las sucias botas de vaquero de Abelardo Sarante caminando de un lado a otro de aquel pasillo que parecía infinito. Bajo las uñas de sus manos, todavía estaba fresca la sangre de su última víctima martirizada aquella tarde en el centro de torturas conocido como *"la cárcel de la cuarenta"*. En todo su cuerpo, el olor insoportable de la mezcla de cerveza y sudor parecía confundirse con el vaho que emanaban aquellas antiquísimas alcantarillas de la ciudad Intramuros que una vez fueron pasadizos secretos de piratas bucaneros y filibusteros.

Mientras fumaba, recordaba con dolor los retozos sexuales con Cristina aquella tarde antes de la siesta donde los jugos de su cuerpo fluían hacia ella bajo el ruidoso zumbido que producía un abanico oxidado y los dos bañados de sudor producto del insoportable calor de ese agosto infernal. Le era simplemente inconcebible, que el mismo maldito por quién había torturado y matado para defender su régimen se había apoderado esa noche de su propia mujer en un abrir y cerrar de ojos por un simple capricho de padrote.

En solo horas, su veneración por *"el Jefe"* se había convertido en un sentimiento de odio sin límites. Pensar que aquel temible anciano había recorrido con su lengua cada parte del cuerpo de su amada le causaba una sensación de repugnancia que no había experimentado ni siquiera cuando había visto a sus torturados venirse en mierda mientras le aplicaba choques eléctricos en los testículos.

En una mezcla de sentimientos encontrados de amor y odio por el dictador, Abelardo quería pegarse un tiro con el revólver calibre 38 que portaba desde el mismo día que se enroló como calié del Servicio de Inteligencia Militar.

Bajó las escaleras como un loco después de destruir con la suela de sus botas la colilla del cigarrillo número veinte que había fumado en menos de una hora y salió a la calle vociferando *"**maldito seas Trujillo de mierda coño!**"*.

Al oír su proclama, los vecinos presurosos cerraron las ventanas asustados a pesar del insoportable calor de aquel eterno verano caribeño que de seguro les haría cocinarse dentro de sus casas como si estuviesen en un horno de cazabe.

A las seis de la mañana, los primeros transeúntes de la calle "Las Damas" se toparon con el cuerpo sin vida de Abelardo. Yacía en posición fetal, desnudo de la cintura para abajo y tenía en el ano el trozo de lengua que le habían cortado a sangre fría. En el bolsillo de su camisa ensangrentada, junto a los *los tres golpes* estaba la foto que le hicieron a Cristina el día de su primera comunión.

Notas:

Intramuros: nombre como se conocía la parte amurallada de la antigua ciudad colonial de Santo Domingo.

Calié: es un dominicanismo utilizado para identificar a los agentes del servicio secreto en la era de Trujillo.

Los tres golpes: término utilizado para hacer referencia a tres documentos obligatorios que debía poseer cada varón mayor de 18 años en la "Era de Trujillo". Los documentos eran la cédula de identidad, el carné del Partido Dominicano y la identificación del Servicio Militar Obligatorio

Los dos entierros de Pedrito

A Pedrito lo enterraron en un ataúd de gente grande porque en la funeraria de playa Buen Hombre no había para niños. Murió asesinado por la misma persona y el mismo día que su bisabuela Carmela pero de forma diferente.

Virtudes era la hermana mayor de Pedrito, precoz y vivaracha, de pelo rojo siempre desgreñado, tan larga y flaca que parecía una garza real, tenía diecisiete años y le habían encargado cuidar a doña Carmela desde los catorce cuando esta quedó paralítica de un derrame cerebral.

El día que se despachó a doña Carmela y a Pedrito parecía que se caía el cielo de tanta agua y truenos. Debido al fuerte vendaval, medio pueblo esperaba en la playa con preocupación el regreso de los pescadores que habían salido bien temprano en una madrugada que para nada anunciaba el torrencial que se avecinaba mas tarde.

Eran las doce y quince cuando Virtudes alimentaba a

doña Carmela con un plato de arroz y habichuelas convertidas en papilla para bebé y una carne de cerdo guisado picada en trocitos.

Odiaba a su bisabuela porque desde que enfermó tuvo que dejar de ser ella y convertirse en enfermera, sus padres la obligaron a abandonar la escuela y ya no tenía vida propia. Cuando doña Carmela se atoró con un trozo de carne, Virtudes vio inmediatamente la oportunidad de librarse de su destino. Le metió dos trozos más en la boca y se los empujó hasta el fondo mientras le decía mirándola fijamente: *"ya muérete vieja maldita, que es lo que tanto vives!"*, Carmela trataba de respirar pero era imposible, se fue poniendo morada y en menos de cinco minutos se fue de lado en su mecedora muerta por asfixia.

Virtudes sonreía mientras le limpiaba los restos de comida de la boca, a sus espaldas Pedrito había contemplado el crimen en silencio, Virtudes sintió su presencia y sin decir nada se dirigió a la cocina, preparó rápidamente un jugo de tamarindo, lo mezcló con veneno para ratas y se lo dio a Pedrito en un vaso con hielo.

Cuando se aseguró que ambos estaban muertos, corrió

gritando hacia la playa, le contó a su madre que mientras ella trataba de salvar a Pedrito en medio de las convulsiones que le había ocasionado un veneno para ratas que se había bebido, los truenos no la dejaban escuchar la tos de la bisabuela que moría asfixiada por un pedazo de carne atragantado.

Treinta y nueve años después, el cementerio de Buen Hombre estaba siendo trasladado lejos de la playa para dar paso a un proyecto turístico. Cuando desenterraron a Pedrito estaba totalmente desnudo y los pedazos de su ropa y zapatos se habían desprendido de su cuerpo conforme este había ido creciendo, ahora medía casi seis pies de estatura y era tan largo y flaco como una garza real, el pelo rojizo igual que el de Virtudes le había crecido casi un metro y detrás de una tupida y desaliñada barba se notaba perfectamente la misma carita infantil que tenía el día de su entierro.

Lo velaron por nueve días por si volvía a despertar, Virtudes no pegó un ojo, se quedaba las noches completas conversando en susurros con Pedrito, una y otra vez lo interrogó sobre el crimen de Carmela pero él nunca respondió. Decidieron enterrarlo en el cementerio nuevo de la colina; la noche antes del segundo entierro, Virtudes preparó un jugo de tamarindo, lo mezcló con veneno para ratas, le abrió la boca al muerto y le vació la mitad del jugo, en silencio y con una sonrisa en los labios le secó con un paño sucio el jugo que se le había derramado por las mejillas. Se sentó a su lado en la mecedora que perteneció a su bisabuela y le dijo en tono muy bajo: *"acábate de morir de nuevo maldito"*.

Con el pelo recortado, la barba recién afeitada y envuelto en sábanas para que no volviera a quedarse sin ropas si seguía creciendo muerto, lo enterraron en un ataúd que parecía fabricado para un gigante. Después del entierro mataron dos chivos, tres cerdos y dos novillos y le hicieron una fiesta que duró cuatro días. La última noche Virtudes se acostó temprano, estaba cansada de atender tanta gente y se había mantenido sin dormir durante trece días y doce noches seguidas. A las tres y cincuenta y dos minutos de la madrugada despertó espantada, en el umbral de la puerta estaba Pedrito observándola, cuando se dio cuenta que Virtudes había despertado le dijo con voz infantil: *"dame más jugo manita"*.

Meregildo: diácono del diablo

El tanque de acero con capacidad para 55 galones emanaba un olor insoportable y de su boca salía una negra humareda que parecía la chimenea de un ingenio azucarero en pleno tiempo de zafra. En su interior, los cuerpos descuartizados de la joven pareja ardían en llamas por la gasolina con la que el diácono y su ayudante los habían rociado luego de despedazarlos. Meregildo, bañado en sudor y sentado en una vieja silla de madera, recostado bajo la sombra de un árbol de mangos y con una cerveza en la mano contemplaba sonriente la escena. A pocos pasos de él, su ayudante recogía en silencio los instrumentos usados en el macabro crimen.

Meregildo era hijo de Rafael y de Martina, un sastre empedernido jugador de gallos que tenía su taller de costura en la avenida principal del barrio chino y ella, una prostituta de la parte alta de la ciudad con la que mantenía una tormentosa relación de amor, odio y celos. El sábado que Rafael se enteró del embarazo de Martina, había perdido una fortuna apostando a los gallos. Cuando ella le comunicó la noticia, decidió inmediatamente hacer un pacto satánico. En la gallera había escuchado muchas historias de los milagros económicos de un brujo que tenía su consultorio en el Limón, un pueblito cerca de Samaná. Después de un largo ritual, Rafael pactó con el brujo entregar el alma de su próximo hijo al diablo a cambio de que siempre ganara en las apuestas de gallos; el diablo reclamaría su presa el día que el niño cumpliera los veinticinco años.

Un 19 de noviembre en la maternidad San Rafael a la misma hora y en el mismo quirófano, Martina y una empleada doméstica llamada Dinora que había quedado preñada de un obispo, parían dos varones del mismo peso y tamaño y de facciones muy similares. En medio del caos que imperaba en la sala producto de los dos partos simultáneos, los niños envueltos todavía en la placenta de sus madres quedaron cambiados para siempre. La prostituta bautizó al suyo con el nombre de Sebastián y la doméstica el de ella con el nombre de Meregildo.

Meregildo creció siendo un niño travieso, su principal diversión era sacrificar perros y gatos del barrio colgándolos de un árbol hasta que morían asfixiados. Gracias a la discreta relación de Dinora con el obispo, el niño se convirtió en monaguillo de la iglesia de Las Mercedes, su madre quería que llegara a sacerdote pero debido a su extraño comportamiento y al enorme placer que le causaba sacrificar animales, el obispo la convenció de que nunca llegaría a ordenarse.

Poco a poco el monaguillo se convirtió en diácono, a medida que se iba haciendo hombre, también sus simples travesuras de sacrificar perros y gatos se fueron transformando en más terribles. Un día en la finca del obispo envenenó un peón con un jugo de guayabas contaminado de insecticida. Otro día organizó una orgía en un orfelinato de las afueras de la ciudad y una mañana de año nuevo orinó dentro de una olla de chocolate que preparaban los jóvenes de la comunidad cristiana de la iglesia para los ancianos de un asilo. Gracias a las poderosas influencias de su supuesto padre, Meregildo se fue codeando con las altas instancias del poder político y religioso que siempre lo protegían de caer preso por sus actos delictivos.

La noche antes de que Sebastián cumpliría sus 25 años, Rafael, que había ganado millones de pesos apostando a los gallos, apareció en la casa de la antigua prostituta, disparó seis veces al pecho del joven y luego se pegó un tiro en la sien. Nadie nunca entendió el motivo del crimen-suicidio.

Ese mismo día Meregildo se acostó temprano, se pasó la noche soñando que sacrificaba una pareja de novios, que los descuartizaba vivos con un hacha y luego introducía los pedazos en un tanque para basura, los rociaba con gasolina y al final se sentaba con una cerveza en la mano a contemplar aquella fogata humana. El sueño lo excitó tanto que amaneció mojado en una mezcla de sudor y semen. Cuando despertó, tenía en su espalda el estigma de los látigos. Su alma había sido reclamada, desde ese momento se había convertido en diácono del diablo.

María Elena

"*Ponte la ropa María Elena*", le dijo Tariq cuando la vio desnuda con el cuerpo lleno de ampollas producto de la insolación que le dejaron 14 días a la deriva en el Canal de la Mona. Le puso seis papeletas de veinte dólares sobre la cama del motel y salió a la marquesina en calzoncillos a fumarse un cigarrillo Montecarlo.

Se habían conocido dos años antes cuando los presentó una alcahueta famosa de Santiago apellido Sandoval. El había venido de Pakistán a estudiar medicina en la Universidad del Este y ella de San José de las Matas traída por una prima que la introdujo en la prostitución cuando su madre la echó de la casa por empeñar por cien dólares en una compraventa de Los Pepines un zafiro montado en oro que le había dejado su bisabuela. Desde entonces, cada jueves Tariq venía religiosamente a la capital desde San Pedro de Macorís a acostarse con María Elena, dos polvos por ciento veinte dólares cada vez.

María Elena es una rubia bellísima, usa rizado el pelo que le llega hasta los hombros, tiene una cadera pronunciada, unas nalgas redondas, unas tetas de concreto, una dentadura perfecta y unos ojos verdes brillantes como esmeralda. No usa ninguna joya para no acordarse jamás del zafiro empeñado y tiene tatuada una mariposa en un tobillo que le hizo un chino de Sichuan que tenía su negocio de tatuajes disimulado en el trasfondo de una mercería de la calle El Conde.

A Martín, un organizador de viajes en balsa hacia Puerto Rico le había pagado mil trescientos dólares y se había acostado ocho veces de gratis a cuenta de su "pasaje". Le dejó a Tariq su despedida escrita en una servilleta y se embarcó a las tres de la madrugada junto con otros 29 ilegales desde la desembocadura del Rio Barracote en la bahía de Samaná. Una semana antes, Martín les entregó a cada uno por separado un papel donde se le daban las instrucciones de viaje. *"Llegaremos en dos días, lleven una botella de agua, dos sándwiches, cincuenta dólares en papeletas de diez, un dólar en menudo y aquí escrito tienen el teléfono de una compañía de taxi de Mayagüez propiedad de un dominicano que viajó en balsa*

conmigo hace 15 años.".

Catorce días y trece noches habían pasado a la deriva desde que se dañó el motor de la embarcación frente a las costas de Uvero Alto. No les quedaba agua ni sándwiches, ocho viajeros se habían tirado vivos de la balsa diciendo que llegarían nadando, tres habían muerto y sus cuerpos habían sido arrojados al mar. Isaura, una recién parida de dos meses se había hecho cargo de la alimentación del resto a cambio de que le dieran cuatro sándwiches y dos botellas de agua que quedaban la décima noche. Los había amamantado por turnos, uno a uno fueron chupando su leche. Al principio María Elena les dijo que estaban todos locos pero cuando sintió que se moría del hambre tuvo que ceder y alimentarse de Isaura. Maria Elena, delirando y sentada en la popa de la balsa peleaba con su madre por el zafiro empeñado, la acusaba de que por cien dólares se había tenido que meter a cuero, le dijo que nunca se lo perdonaría, le contó en llantos su relación con Tariq, estalló en una risa burlona cuando recordó su viaje en helicóptero a Salinas acompañada de un banquero que ahora estaba preso por desfalco en la cárcel de Najayo, se lavó el pelo con agua de sal, trató de darle leche de sus senos a un adolescente que gritaba como loco mientras Isaura amamantaba a un anciano de ochenta y seis años.

Eran las seis y veintiuno de la tarde cuando Javier, un cubano que iba en la misma balsa y que terminaba de beber del pecho de Isaura le dijo,

"es tu turno María Elena".

En el horizonte, una lancha de la guardia costera de Puerto Rico se dirigía hacia ellos a toda velocidad.

Le femme du Passaic

Sabrina conoció a Stephanie cuando comenzó a trabajar en *"Old but New"*, la tienda de Mike, un judío neoyorkino que compraba remates de ropa en Macy's al final de cada temporada y los vendía en Passaic con un año de atraso.

El día que Mike murió, sus hijos decidieron cerrar la tienda y Sabrina se llevó a Stephanie a vivir a su apartamento a tres cuadras de Main Avenue.

Era de Medellín y emigró con sus padres a New Jersey cuando un comando de las FARC asesinó a su hermano en un fallido asalto bancario. Con apenas catorce años, Sabrina descubrió que era lesbiana en unas vacaciones de verano en Barranquilla el día que durmió con Soraya, su prima de diecisiete que esa noche casi le arranca a besos la lengua.

Stephanie estaba en *"Old but New"* desde que abrió la tienda en el 89 y modelaba para los clientes piezas de ropa que Mike había comprado un año antes. Era gringa pero parecía latina, altísima y con el cuerpo de una modelo de pasarela. Con "su pecho siempre al acecho, mullido, apretado y plástico", era la envidia de cualquier mujer que se pasa la vida entre dietas y gimnasios.

Sabrina quedó flechada desde la primera vez que la vio, su cuerpo completo le dio un vuelco y recordó las cálidas noches de Barranquilla revolcándose entre sábanas sudadas con las caricias de Soraya cuando era casi una niña. Al cabo de un año, se ganó la confianza de Mike para cerrar la tienda y cada noche antes de marcharse a su casa, ella y Stephanie repetían sus vivencias de amor entre mujeres como aquel verano de su adolescencia.

Odiaba a Mike en silencio porque guardaba el Sabbath y cuando la tienda estaba cerrada no había forma de encontrarse con Stephanie.

A Mike lo enterraron hace seis meses, creo que ya les conté que Sabrina mudó a Stephanie en su apartamento de Passaic a tres cuadras de la Main. Esta mañana, Sabrina armó un alboroto terrible en el mostrador de COPA Airlines en el aeropuerto de Newark, tuvieron que sedarla y se necesitaron dos guardias de seguridad y un sobrecargo de la aerolínea para poder aplacar su ira, el desorden comenzó cuando no le quisieron vender dos pasajes en primera para Barranquilla vía Panamá para ella y su acompañante. En medio del desorden, vestida con ropa de Macy's pasada de moda, con un brazo despegado y la peluca despeinada, rodaba por el suelo el maniquí que Sabrina se llevó a su apartamento el día que cerraron la tienda de Mike.

Armando Casanova

Despertó desnudo y sin fuerzas en la bañera de su apartamento, tenía en su boca el sabor perfumado del champán y en sus oídos todavía sentía el zumbido producto de más de cuatro horas metido en aquella ruidosa discoteca del centro de la ciudad. Recordó vagamente el vestido azul intenso de Susan, las imágenes de las treinta y nueve mujeres a las que había prometido matrimonio pasaban una y otra vez frente a sus ojos como si fuera el resumen de las cien mejores películas del siglo XX. Trató de incorporarse por segunda vez pero de nuevo fue en vano.

Desde que cumplió los diecinueve años, Armando había sido un verdadero rompecorazones, hoy a sus cincuenta y ocho seguía siendo un incorregible y resbaloso Casanova. A base de una increíble visión para los negocios había logrado multiplicar la vasta fortuna que heredó de su padre a los veinticinco. Siempre vestía de exclusivas marcas italianas y tenía una colección de carísimos relojes que usaba combinados con su calzado, cambiaba su deportivo cada dos años y su lancha cada cinco, llevaba al pie de la letra una dieta totalmente balanceada, ingería toda clase de multivitamínicos y cada madrugada de lunes a viernes iba al gimnasio con una devoción envidiable.

Decidió celebrar su cumpleaños de la manera acostumbrada, una noche de parranda en una reconocida discoteca de la capital. La fiesta apenas comenzaba cuando Susan entró por la puerta vistiendo un regio vestido azul intenso con un enorme escote que le llegaba al ombligo y mostrando más de la mitad de sus carnosos pechos, parecía tener menos de veinte años pero en realidad tenía veintinueve y tenía cuatro meses que había regresado de Madrid donde se había graduado de cirujana. Armando se quedó mirándola como si lo hubiesen hipnotizado. Llamó a uno de los meseros y le puso un billete de cien dólares en el bolsillo, *"averigua todo lo que puedas y gánate tu doble sueldo en marzo"* le dijo.

No habían transcurrido veinte minutos desde aquella encomienda cuando Susan ya sostenía en sus manos una copa de Cristal Rose mientras Armando hacía galas de su cultura explicándole la historia del origen del nombre de aquel famoso champán producido por Louis Roederer para el zar ruso Alejandro II.

Bailaron toda la noche y descorcharon tres botellas más de Cristal. Cerca de las tres de la madrugada Armando finalmente convenció a Susan para que fuera a dormir con él a su apartamento.

Treinta años antes de aquella noche de parranda, Alejandra había hecho el ridículo de todo Santiago cuando su novio la había dejado plantada en la iglesia el día de su boda que se celebraría por todo lo alto en el Centro Español de aquella ciudad. A pesar de estar embarazada, desde ese día se había convertido en alcohólica lo que al cabo de los años había destruido su hígado por completo.

Aquella tarde, mientras Armando se desvanecía en un profundo sueño producto de la mezcla de la borrachera de Cristal y el éter con el que lo habían anestesiado, a cinco kilómetros de allí en una sala de cirugía, Susan susurraba al oído de Alejandra: *"no te preocupes madre, todo saldrá bien, un amigo mío te dejó su hígado para que te hicieran el trasplante"*.

El Playmaker

Permíteme acompañarte para que no te mojes, le dijo Jaime a Minerva con una voz tan dulce que parecía música. Lo miró con recelo pero como todavía la llovizna persistía se acercó a él para protegerse con su paraguas.

Caminaron varias cuadras por la calle "El Conde" mientras Jaime le contaba de sus proezas como *playmaker* de la selección de baloncesto universitario. Minerva, una estudiante de primer año de arquitectura de la Universidad Estatal y recién llegada de Montecristi nunca se había interesado por los deportes y mucho menos por aquel que le parecía un grupo de locos en camisilla corriendo de un lado a otro de una cancha para meter una pelota por un canasto sin fondo.

Ante la mirada incrédula de los pocos transeúntes que desafiaban la llovizna a aquellas horas de la noche, la pareja desapareció al cruzar la calle José Reyes. Era como si hubiesen visto un espejismo, como si se los hubiese tragado la tierra sin abrirse.

Seis meses y seis días después, a las nueve de la mañana y cuando apenas sus antiguas compañeras de estudio recordaban vagamente la cara de Minerva, apareció aquella joven deambulando por los pasillos del Alma Mater. Minerva se encontraba desorientada, solo recordaba que hace unos minutos caminaba bajo la lluvia hacia la pensión donde vivía acompañada por un tipo que solo le hablaba de sus hazañas deportivas.

Al llegar a la entrada principal, miró una cara conocida en la portada del periódico estudiantil, una fotografía de un joven en uniforme deportivo sostenía en sus manos una pelota de baloncesto. El titular a cuatro columnas decía: *"Diez años después, homenaje póstumo al gran playmaker Jaime González"*.

Emilio, Marcela y el Presidente

Marcela había sentido el tirón por los cabellos tan fuerte que pensaba que se le desprendía de cuajo la piel de todo su cuerpo. Era la misma sensación cada vez que establecía conexión entre el anciano y Emilio a través de su tabla Ouija.

Sentado frente a ella, en el interior de la calurosa habitación en penumbras, la cara del viejo caudillo aparecía solo iluminada por la llama de una gigantesca vela de cinco pies de alto. Como cada jueves después de su caminata vespertina, el anciano presidente se presentaba donde Marcela a conversar con el alma de Emilio, un periodista de izquierda que había sido asesinado por acólitos a su régimen de ultra derecha.

Conocí a Marcela en un vuelo de Iberia entre Miami y Santo Domingo que hacía escala en Puerto Príncipe. Tenía 19 años y había nacido en Paso Bajito, una comunidad rural en lo alto de la cordillera central en la carretera que parte en dos la sierra entre Constanza y

Jarabacoa. Era una mujer de una belleza extraña que no despertaba el mayor interés salvo por un tatuaje tribal que tenía en su espalda, su sonrisa encantadora, su masculina forma de hablar y sus manos tan pequeñas y desproporcionadas que parecían las de una niña de tres años.

Una vez en Santo Domingo, la llamé varias veces hasta que accedió salir conmigo, tuvimos una de esas relaciones donde la línea entre la amistad y lo demás es tan fina que no sabes dónde termina una y donde comienza la otra. Un miércoles en la tarde, tumbados sobre la arena de la playa de Guayacanes y con un trago de vodka-tónica en las manos, Marcela me contó completa la relación de Emilio y el presidente.

Emilio se había convertido en una mezcla de confesor y verdugo justiciero del anciano. Cada jueves escuchaba con atención los últimos pecados del caudillo e imponía sus humillantes penitencias.

De regreso de Guayacanes, Marcela sosteniéndose la cabeza con ambas manos rompió en un llanto de forma inconsolable, gritaba de una forma espantosa que le dejaran sus cabellos. Por más que yo trataba de entender y preguntar no me prestó nunca atención, era como si yo en ese momento no existiera. Luego de diez minutos de llanto paró de golpe y siguió conversando conmigo como si nada hubiese sucedido. Opté por no hablar ni preguntar más del tema.

La madrugada del viernes, encontraron a Marcela amarrada al monumento que le habían erigido a Emilio en el mismo lugar donde este había caído abatido a tiros veinticinco años antes. Estaba desnuda, y a pesar de que le habían desprendido totalmente la piel desde los dedos de los pies hasta el cuero cabelludo, su cara tenía la misma sonrisa encantadora de siempre y en su espalda se notaban perfectos los rasgos del tribal.

En su oficina del cuarto piso del palacio presidencial, el anciano contemplaba absorto el amanecer sobre la ciudad cuando sintió tras de sí los pasos de su asistente personal, ***"El caso Emilio está otra vez resuelto mi presidente"*** dijo con una oscura voz de barítono.

Los ojos del caudillo quedaron sin poder ver la luz para siempre.

La noche larga de los ladrones

La quema de grandes cantidades de incienso de burundanga había comenzado como lo habían planificado puntualmente al cruzar la media noche; toda la ciudad había quedado profundamente dormida por el efecto de aquella droga primitiva y una legión de ladrones cubiertos con máscaras antigás penetraron en cada una de las viviendas, supermercados, grandes empresas y hasta en los ministerios del Estado.

Cargaban todo lo que encontraban a su paso. Se llevaron los autos de lujo, los taxis, los autobuses, los camiones y las camionetas. Entraban en las casas y se llevaban los electrodomésticos, la comida, los juguetes, los teléfonos móviles, las computadoras, las joyas y los álbumes de fotos antiguas de familia.

Se llevaron las luminarias de las calles, los postes del tendido eléctrico y las tapas de las alcantarillas. Desmontaron las factorías, los ingenios de caña, los cables que sostenían el puente colgante que cruzaba el rio, los semáforos de las esquinas, los hidrantes, los rieles del tren que llevaba mercancías a la frontera, los vagones del metro, los cuadros de los museos, las osamentas indígenas y los tesoros de la catedral.

Profanaron la tumba del Almirante, se llevaron el carro que había usado el Papa en su visita del quinto centenario de la evangelización de las Américas, la estatua del Libertador y los tesoros rescatados de los galeones Conde de Tolosa y del Nuestra Señora de Guadalupe.

Cargaron con el dinero de los bancos, con las cámaras de televisión, con los videos del Generalísimo y de la revolución, con las grabaciones que tenían la voz del patriota con sus arengas en contra de los yanquis y con toda la hemeroteca del Archivo de la Nación.

Entraron en los restaurantes y vaciaron las cavas y las bodegas, penetraron en los cuarteles y cargaron con las armas y las municiones, se llevaron los tanques de guerra, los barcos que estaban anclados en el muelle, la carga de maíz que acababa de llegar, las imprentas de los diarios, las baldosas de los tejados, las jaulas de los animales del zoológico, la gran cañada del jardín botánico y los lingotes de oro de la mina extranjera.

Rompieron la puerta del Panteón Nacional y despojaron a los cadáveres de sus prendas, de sus dientes de oro y arrancaron de cuajo las cruces de plata de los ataúdes. Antes de irse, desmontaron el gigantesco candelabro de bronce del antiguo Teatro Nacional y lo arrastraron tirado por caballos por la calle de Las Damas.

Cuando se retiraban al despuntar el alba, se dieron cuenta que quedaban unas nubes cercanas al sol y se devolvieron a recogerlas. Aquella mañana, los relojes despertadores no sonaron, los ladrones también se habían robado el tiempo y todos los habitantes de la ciudad quedaron muertos de asfixia tendidos en su cama porque también les habían llevado el aire.

Sepelio

Ella estaba allí, frente a mí, con más arrugas que las dunas de las arenas del desierto de Salinas. Con sus uñas pintadas de negro, con el pañuelo de carmesí y de amarillo curtido enrollado con siete vueltas sobre su frente.

Y con su rostro ajado y con dos colmillos de oro y con una muela de plata y con un diente de platino; con su sonrisa hueca y con el tabaco viejo y con los ojos verdes, tan verdes que parecían de mentira.

Y afuera el ruido de mujeres malas, muy malas, de faldas largas y tacones sucios y blusas de fucsia y sostenes rojos y pelos rubios, muy rubios; y ojos azules y aliento a vino y a ron de caña y sudor de verano; y risotadas sordas y caricias ásperas, tan ásperas que sonaban como papel de lija sobre madera.

Y afuera el ruido de los borrachos necios y desorden de son y de flamenco; y del merengue y de la salsa; y de jaleo de saxofón y de acordeón.

Y la mire a los ojos y me miró a los míos y ella lloraba; y no pude sostener su mirada y mire sus dedos; y solo entonces comprendí lo que sucedía.

Y el zumbido enorme de la bala dentro de mi cabeza que me recordaba que estaba muerto, bien muerto!

La jugada del Primer Ministro

Apenas había abandonado el hospital y ya pensaba intentarlo de nuevo. Sentada en aquel rústico taburete mientras esperaba el café, pasaban por su cabeza siete formas distintas de quitarse la vida. Karen Virginia, la otrora reina de belleza, la que fuera la envidia de todas el día de su coronación, la misma que le había dado cuatro veces la vuelta al mundo viajando en primera, la que había conocido en persona desde el Sultán de Brunei hasta el primer ministro inglés, hoy pesaba catorce kilos menos, sus muñecas delataban cuatro intentos de suicidio, su pelo era tan opaco que apenas reflejaba un destello de luz cuando estaba mojado y su dentadura era tan horrible como la de una yegua abandonada.

Corría el verano londinense y el bullicio de "La city" parecía retumbar en aquel centenario pub a dos cuadras de Picadilly.

Karen Virginia era esbelta y a pesar de su notable deterioro, su rítmico caminar y sus largas piernas todavía hacían voltear las miradas de los más parcos caballeros ingleses. La aureola violeta bajo sus ojos delataban el peso de su carga y el largo sufrimiento que arrastraba.

El reloj había marcado las nueve y el pub había comenzado a llenarse, irrumpió en el salón un grupo de sudados estudiantes albaneses que se habían pasado el día protestando en Picadilly contra la indiferencia inglesa ante las recientes masacres en Siria. Entre ellos, Karen Virginia eligió su compañero de muerte y dos horas más tarde, drogados y borrachos se tumbaban en el suelo de Green Park Station.

La tarde siguiente en su despacho de Downing Street, Mister Klein reconocía sin inmutarse la cara de Karen Virginia en televisión; recordó la recepción cuando la conoció, recordó el fin de semana de locura a escondidas con ella en la campiña inglesa en aquel pueblito de revista que era Castle Combe, recordó su chantaje, y al final, recordó con una ridícula sonrisa cuando en contubernio con un amigo psiquiatra logró que la internaran durante dos años en un manicomio en las afueras de Londres. Hoy sin hacerlo directamente con sus manos, pero como el resultado de la estrategia de un ducho ajedrecista, el Primer Ministro se había librado para siempre de Karen Virginia.

El regreso de Rafael

"Sshhh, hablen bajito carajo que me lo llevan de nuevo!", dijo doña Rosa por decimoquinta vez y apenas eran las nueve de la mañana.

Rafael, sentado en su mecedora del interior de la vieja casita de tabla de palma y zinc apuraba su taza de café. Había llegado esa mañana como cada día desde que doña Rosa perdió la razón hace nueve años. Habían pasado cincuenta y un años y dieciséis días desde la noche que se despidió de Rosa con un apasionado beso en la boca. Aquella noche, a menos de una semana de su matrimonio, Rafael le había contado su participación en un atentado que él y un grupo de jóvenes de Puerto Plata tramaban para matar al *"Jefe"*.

Para esa época Rosa tenía 17 años, era una mulata bellísima, alta, de pelo largo, cejas tupidas, una boca enorme pero terriblemente sensual y una mirada tan penetrante que producía una sensación combinada de temor y excitación.

Rafael tenía 21, de formación católica y egresado del Politécnico Loyola, había llegado a Puerto Plata desde

San Cristóbal a trabajar como mecánico industrial de *"La Chocolatera"*, una de las tantas fábricas que Trujillo tenía diseminadas por toda la República.

Como muchos otros jóvenes del final de la tiranía, Rafael estaba deseoso de un cambio político y sabía que la única forma de lograrlo era asesinando al *"Jefe"*. Junto a dos compañeros de trabajo, había ingresado a un movimiento opositor clandestino de Puerto Plata. Trujillo vendría ese domingo al pueblo a la celebración de las fiestas patronales que culminarían con un baile en su honor al que Rosa había sido invitada. Para una joven tan hermosa, esa *"invitación"* era un claro meta mensaje, terminaría acostándose con el tirano por las buenas o por las malas. Rafael juró que no lo permitiría y había convencido a sus compañeros para asesinarlo la mañana del día de la fiesta en el discurso que pronunciaría en el parque principal.

Eran las ocho y veinte de la noche cuando Rafael se despidió de Rosa con aquel beso, ella cerró la puerta, se dirigió a su habitación y lloró desconsoladamente hasta las seis de la mañana. Su padre era el jefe del Servicio de Inteligencia Militar en Puerto Plata y desde niña había escuchado las historias de lo que sucedía con los que se oponían al régimen. Experto en espionaje, el padre de Rosa había escuchado silenciosamente toda la conversación del complot cuando Rafael se lo contó a ella sin que ninguno de los dos se percatara.

Rafael nunca llegó a su casa esa noche. Esta mañana había terminado con la taza de café y se balanceaba tranquilamente en su mecedora en el interior de la vieja casita de tabla de palma, sacó de su vieja camisa el paquete de cigarrillos. En el bolsillo se leía claramente impreso el sello que tenían los uniformes de los empleados de "La Chocolatera".

"Sshhh, hablen bajito carajo que me lo llevan de nuevo!", volvió a decir doña Rosa por decimosexta vez. Su sobrina Maritza desde la cocina le respondió: *"Ya me tienes harta con esa vaina vieja loca, voy a internarte en el manicomio para siempre!"*

La espera de Marcelo

"*Nos vemos esta noche a las siete frente a Torre Acrópolis*" fueron las últimas palabras de Clotilde antes de colgar el teléfono. Cuatro años, nueve meses y ventiún dias han pasado desde aquella mañana. Cada día puntual a las siete frente al moderno edificio, Marcelo la espera con la esperanza de volver a sentir la cadencia de aquella boca en su boca.

Cuatro años, nueve meses, ventiún dias y la cartelera del cine ha cambiado doscientas cuarenta y siete veces.

Cuatro años, nueve meses y ventiún días y Marcelo ha gastado las suelas de diecinueve pares de zapatos caminando de un lado a otro las escalinatas de la torre. Mira el reloj, la espera, pero Clotilde no llega.

Presentimiento 9-11

Marielle se levantó sonámbula por trigésimo novena noche consecutiva desde la trágica muerte de Benjamín. Cada madrugada hacía el mismo recorrido durmiendo con los ojos bien abiertos. Los somnolientos dependientes de la farmacia de la esquina no podían creer lo que se había convertido en un ritual desde el día siguiente al derrumbe de las torres.

Descalza, vestida solo con aquellos largos pantalones de pijama que parecían de samurái y desafiando una temperatura que rozaba los tres grados centígrados, Marielle recorría siete bloques hasta la 88 Street entre la tercera y la cuarta avenida donde una vez estuvo el antiguo cementerio judío de Manhattan. Exclamaba un grito ensordecedor y volvía sobre sus pasos sin inmutarse ante los frenazos de los taxis que trataban de no atropellarla.

Al despertar lloraba desconsolada recordando aquella

mañana de septiembre cuando le suplicó de una y mil formas que no fuera al Bajo Manhattan. Ese día tenía un presentimiento extraño, había soñado con aviones, con torres desmoronándose, con oficiales del cuerpo de bomberos corriendo despavoridos, con gente saltando por las ventanas.

A las 9:03 de la mañana mientras Marielle se bañaba sintió un terremoto en su corazón, dos segundos antes el ascensor que transportaba a Benjamín se abría en el piso 79 de la torre sur de World Trade Center, apenas pudo ver el avión entrando por la ventana antes de morir con el impacto.

La Bastarda

"Pase por favor" dijo la suave voz femenina detrás de mis oídos, viré la cabeza de pronto y no había nadie, al volver la vista al frente un golpe de brisa fría con un fuerte olor a azufre me hizo reaccionar y taparme la nariz.

Desde la oxidada puerta del camposanto escrudiñé con la vista cada rincón que divisaba, allá, a lo lejos, casi en la última tumba al pie de la colina estaba ella, con el pelo al aire, con la curtida túnica blanca y con la mantilla rota y desteñida de tantos años deambulando por el polvoriento pueblo. Me acerqué despacio y por más que la miraba no lograba ver sus ojos, veía su cara pero las cuencas de sus ojos parecían estar vacías.

"Florentina Santana", me dijo con la misma voz cálida que escuché a mis espaldas en la entrada del cementerio.

"No te he preguntado", le dije.

"Que importa!" ripostó con rabia. *"Todos quieren*

ocultar mi nombre, desde que ese mal parido del generalísimo engendró mi vida y no quiso nunca reconocerme como su hija"

Pedro Santana en persona había fundado la comunidad de El Cercado y la historia de su hija bastarda corrió de boca en boca y de generación en generación por lustros hasta perder vigencia entre los chismes de comadre.

Extendió su mano para entregarme el relicario, lo abrí con cuidado y encontré el rosario de cuentas de avellanas secas, lo colgué en mi cuello y la miré de nuevo, le vi los ojos pero desapareció el resto, miré por todos lados y ya no había nada, la volví a mirar y solo veía sus ojos. Había quedado ciego por completo con la sola capacidad de verle sus ahora brillantes ojos castaños.

Cada noche hacemos el amor sobre la tumba de Manuelica, aquella alcahueta que convidó a Teresa para acostarse con el Presidente Santana a cambio de seis novillos, una vaca lechera y quince tareas de tierra en Sabana del Bohío la noche que fundó El Cercado.

Rebeca

I

Hace dos años después de meses sin saber de ella recibí un e-mail desde Vietnam que me dejó perplejo. *"Estoy en una ciudad llamada Hanoi al otro lado del mundo"*.

Rebeca es de Loma de Cabrera y la conocí en un autobús de Metro Tours que venía de Santiago a la capital. Se sentó a mi lado en el único asiento disponible y ni siquiera dijo buenas tardes, abrió su laptop y comenzó a retocar una foto que había tomado. *"Se veía mejor en sepia"* le dije cuando el autobús pasaba frente al Hospital Metropolitano. Esa sola frase bastó para romper el hielo para siempre. Un año más tarde en un safari fotográfico que organicé a Las Terrenas conoció a Rudolphine Benoit y eso cambió su vida por completo.

Rudolphine era biznieto de un oficial francés colonizador de la Indochina de finales del siglo XIX, tenía una cultura amplísima, era rubio, fornido y con un bronceado del Caribe con el que se veía tan bello que las mujeres babeaban y ponía en duda la virilidad de cualquier hombre por más macho que fuera. Se llevó a Rebeca para Lang Son bajo el pretexto falso de que le tenía una *"beca full"* de fotografía.

Al final de los catorce párrafos del email de Rebeca lloré como un niño sin consuelo. La triste historia de aquella ingenua mujer pueblerina llevada hacia un mundo completamente desconocido, secuestrada y mil veces obligada a prostituirse con hombres de todos los tipos, tamaños, olores, colores y razas una vez más se hacía realidad.

Logró escapar del prostíbulo de Lang Song cuando un cliente que se sintió engañado mató a Rudolphine de una puñalada en el pecho y un grupo de latinas escapó en el tren hacia Hanoi antes que llegara la policía. Cuando me envió el e-mail estaba en el aeropuerto de Noi Bai y viajaba en compañía de Pierre, un supuesto cónsul francés que le había conseguido una beca para estudiar fotografía en Paris. No he vuelto a tener noticias de Rebeca.

II

Mientras esperaban en un bar del aeropuerto el vuelo de doce horas y media que los llevaría con destino directo a

Paris, sintió una punzada en su estómago y se levantó para ir al baño. El supuesto cónsul francés dejó el trago sobre la mesa y sus documentos de viaje, el equipaje y su Blackberry al cuidado de Rebeca; después de 45 minutos todavía no daba señales de vida.

En la puerta 26, un empleado de la aerolínea anunciaba en tres idiomas el último llamado para el abordaje del vuelo 535 de Vietnam Airlines.

Rebeca revisó los bolsillos del "carry-on" de Pierre y encontró un fajo de billetes con 15 mil euros, los tomó y se dirigió tranquilamente hacia la puerta del avión con el dinero y los documentos de éste en su cartera. En uno de los sanitarios de un baño para hombres del aeropuerto Noi Bai, con los pantalones abajo, yacía Pierre desmayado luego de que le explotaran cinco bolsitas de heroína que transportaba en su estómago.

Los sobrecargos de vuelo vestidos de rojo chino recorrían de un lado a otro la cabina en su protocolo de rutina en preparación para el aterrizaje, Rebeca por la ventanilla del avión observaba en silencio la ciudad luz a sus pies, sonrió mientras recordaba las maravillas de París que le había contado Rudolphine aquel fin de semana que lo conoció en Las Terrenas. Se sentía segura de sí misma ya que aunque no sabía escribirlo, podía defenderse con lo poco de francés que aprendió con aquel maldito que la mantuvo en cautiverio en Vietnam. Tenía dinero suficiente para tratar de reiniciar su vida en Europa sin necesidad de regresar a Santo Domingo.

Finalmente el avión tocó tierra en el aeropuerto Charles de Gaulle y con el rechinar de las ruedas Rebeca sintió que nacía de nuevo.

Después de meses sin saber nada de ella, la semana pasada recibí un e-mail de una tal Ivelisse que decía en el *asunto*: *"**noticias de tu fotógrafa favorita**"* donde me ponía al tanto de todo lo que les cuento.

Rebeca fue compañera de celda de Ivelisse, una dominicana que pasó tres años presa en Hanoi por cortarle la mano derecha a un "cliente" holandés que no le quiso pagar lo acordado al final de un fin de semana de orgías.

A la salida del avión en Paris, un guardia de seguridad agarró a Rebeca por el brazo derecho: *"**venir avec moi s'il vous plait, mademoiselle**"*. Tras largas horas de interrogatorios fue puesta bajo custodia en un avión de regreso a Hanoi a requerimiento de las autoridades vietnamitas que la acusaban de prostitución y tráfico de drogas.

Pesa 19 libras menos y hace el amor cinco veces por semana con el alcaide de la cárcel a cambio de ciertos *"privilegios"* que todavía no entiendo. Dice Ivelisse que tal vez consiga que la liberen antes de tiempo, cada mañana reviso mi correo con la esperanza de que me lleguen mejores noticias de *"mi fotógrafa favorita"*.

III

Bajo las aspas del abanico de techo que parecían girar en cámara lenta, con su enorme barriga bañada en sudor provocado por el sofocante calor tropical, el alcaide se abrochaba sonriente el pantalón satisfecho de su último orgasmo con Rebeca.

Catorce meses antes, después de ser devuelta en avión desde París, Rebeca había sido condenada en Vietnam a dos años de prisión en una sentencia ambigua entre acusaciones de prostitución y permanencia ilegal en el país.

Esposada a su asiento y acompañada de un oficial francés que no hablaba español, Rebeca recordaba con rabia el día que conoció a Rudolphine en aquel safari fotográfico a Las Terrenas. A su lado derecho, un periodista italiano que trabajaba en Le Monde y que viajaba a Vietnam para cubrir un evento deportivo retocaba con cuidado una fotografía donde aparecía una escena nocturna de una calle de París mojada por la lluvia, *"se vería mejor en sepia"* le dijo Rebeca. Luca Giordano, quien hablaba castellano aprendido de su abuelo materno reaccionó sorprendido. En ese momento iniciaron una amistad que retomaría su curso un año y medio más tarde.

En su oficina, Dac Kien Tuong miraba con nostalgia por la ventana mientras Rebeca se vestía en silencio. *"En el sobre con tus pertenencias está todo lo acordado"* dijo en vietnamita. Ella se acercó a él y lo besó apasionadamente, salió de la oficina deprisa llena de alegría por sentirse finalmente libre otra vez.

A lo largo de aquellos catorce meses de prisión, Rebeca se acostaba con Dac Kien cinco veces por semana a cambio de extraños favores que iban desde suministro de papel y lápiz en los que escribía su diario, tarjetas de memoria SD para su cámara *point & shoot*, esmalte de uñas y utensilios de manicure para mantener sus manos siempre cuidadas, el permiso de andar cada viernes retratando sus compañeras de prisión en las más inverosímiles situaciones y una carta de recomendación para obtener su libertad anticipada la que finalmente logró unos meses antes de cumplir su condena.

La mañana siguiente a su último encuentro con Dac Kien, se acercó al mostrador de la cárcel donde le entregaban sus pertenencias a los prisioneros liberados, recogió su ropa, su cartera de piel y un abultado sobre manila, salió de la cárcel con el mismo vestido que había abordado aquel avión a París. Tras cruzar la puerta de la prisión miró hacia el cielo y sintió el sol en su cara, abrió finalmente el sobre y allí encontró las hojas sueltas de su diario, 14 tarjetas de memoria SD, su cámara, su pasaporte y los quince mil euros de Pierre.

En la tarde compró ropa nueva, una laptop, una nueva cámara digital y alquiló por un mes un pequeño apartamento en Hanoi. En la noche se dirigió vestida como una top-model a un exclusivo restaurante francés del Hotel Sofitel Metropole y con la cena ordenó una botella de Chablis para ella sola.

Las tres semanas siguientes las dedicó a transcribir del

papel a la computadora su diario carcelario y a retocar las 1632 fotos que había tomado en la cárcel. De este montón de fotografías seleccionó cincuenta y las montó sobre los diferentes capítulos de su diario. La cuarta semana fue a un centro de Internet desde donde llamó por Skype a Le Monde y pidió que le comunicaran con Luca, hablaron más de dos horas seguidas y al final le envió por correo electrónico una copia de su diario carcelario.

Hoy como cada mañana abrí mi correo electrónico, uno de ellos llamó poderosamente mi atención, en el asunto decía: "*noticias de tu fotógrafa favorita*", en nueve párrafos Rebeca me resumía su vida reciente, está preñada de varón de Dac Kien, se casó con Luca la semana pasada, ésta noche con el patrocinio de Le Monde se pone en circulación la versión en francés de su "*Diario Carcelario*" y el mes próximo comienza a estudiar fotografía con una beca que le otorgaron en la *École nationale supérieure Louis-Lumière* de Paris.

Epílogo

No hubiese sido justo comentar el origen de estas historias en el prólogo del libro como había planificado en principio, por ello, he decidido incluir este epílogo y comentar algunos cuentos que aparecen en esta edición.

Son una extraña y mágica conjugación de sucesos que se me enredan en la cabeza entre historias vividas por mi o por personas muy cercanas.

Como he dicho, *Mary Ann Payton* es un personaje imaginario ideado en una de esas desaparecidas prostitutas de Creek Street; recuerdo que mientras recorría aquella callejuela de Ketchikan en un viaje a Alaska, mi olfato parecía percibir el olor del perfume intenso que usan las putas y escuchaba en mi memoria la bullanguería de las noches de juerga que salía como un eco del pasado desde aquellas centenarias *casas de cita*.

"Matilde" rememora la leyenda de una chica que pedía autoestop en las carreteras dominicanas y que a decir de

todos quienes la habían visto le atribuían un encanto sublime. *"La lista de Rosaura"* está inspirada en una joven bellísima a la que apodaron *"la rubia del SIDA"* luego de ser contagiada con VIH tras una violación; en este cuento, el personaje de Ernesto refleja los últimos días de mi padrino carcomido por esa terrible enfermedad.

"La noche larga de los ladrones" es una especie de lamento y reclamo ante la corrupción e impunidad que prevalece en República Dominicana y en la mayoría de los países de Latinoamérica.

"La Leyenda de El Cerrazo" es una mezcla entre la historia de un pueblito que estaba enclavado en la sierra del Cibao y la muerte *quasi* simultánea de quienes habían sido mis suegros; fue escrita como presagio y de forma muy extraña un año antes de que sucediera el hecho. En principio ni yo mismo caí en la cuenta de que había preconizado sus muertes y entierros el mismo día, hasta que uno de sus yernos en medio del velatorio me dijo: *"tu habías escrito esta historia"*.

"Le femme du Passaic" toma su argumento de una vieja canción de Serrat. Se ambienta en la tienda de un simpático judío que conocí en Passaic que vendía ropa nueva pasada de moda rematada al final de cada temporada en los grandes almacenes de Nueva York.

"El Regreso de Rafael", es el homenaje a un abuelo político que no llegué a conocer porque fue secuestrado y desaparecido en la era de Trujillo; y *"Rebeca"*, un cuento que disfruto y me emociona muchísimo aunque lo lea mil veces, es la mujer que me sacó del anonimato como escritor cuando le di vida en el cuento que lleva su nombre y lo presenté en la versión del 2010 del Concurso Internacional de Cuentos de Casa de Teatro ganando el primer lugar.

Santo Domingo, Septiembre de 2015

Sobre el autor

Héctor Mota Portes nació en Santo Domingo, padre de tres varones, autor de cuentos y poesías; epicúreo, gitano itinerante, tejedor de sueños, informático de profesión y oficio, activista por la conservación del medioambiente, apasionado del golf, del mar y de los espacios abiertos, amante de los viajes que disfruta de las buenas películas, la buena lectura y la buena compañía; también es chef, buzo y fotógrafo por afición.

Ha ganado el primer lugar en el Concurso Internacional de Cuentos de Casa de Teatro (2010).